»Von drauß' vom Walde komm ich her; / Ich muß euch sagen, es weihnachtet sehr!« – wohl jeder kennt die berühmten Anfangszeilen von Theodor Storms *Knecht Ruprecht*. Entstanden 1862, ist es nach wie vor eines der beliebtesten und meistgelesenen deutschen Weihnachtsgedichte.

Rolf Köhler hat das Gedicht neu gelesen und ins Bild gesetzt. Wie ergeht es Knecht Ruprecht, der am Ende des 20. Jahrhunderts vom Wald in die Stadt kommt, beladen mit seinen Gaben »Apfel, Nuß und Mandelkern«? Ein teils heiterer, teils kritisch-besinnlicher Blick auf das moderne Weihnachtsfest.

insel taschenbuch 2261
Theodor Storm
Knecht Ruprecht

# *Theodor Storm*
# *Knecht Ruprecht*

Illustriert von Rolf Köhler
Mit einem Nachwort von
Nadja Einzmann und Karl Kröhnke

***insel taschenbuch***

insel taschenbuch 2261
Erste Auflage 1998

Vertrieb durch den Suhrkamp Taschenbuch Verlag
Umschlag nach Entwürfen von Willy Fleckhaus
Druck: MZ-Verlagsdruckerei GmbH, Memmingen
Printed in Germany

1 2 3 4 5 6 – 03 02 01 00 99 98

# *Knecht Ruprecht*

Von drauß' vom Walde
komm ich her;
Ich muß euch sagen, es
weihnachtet sehr!

30,- | 45,- | 50

*Allüberall auf den*
*Tannenspitzen*
*Sah ich goldene Lichtlein*
*sitzen;*

Und droben aus dem
Himmelstor
Sah mit großen Augen
das Christkind hervor,

**_Und wie ich so strolcht'_**
**_durch den finstern Tann,_**

*Da rief's mich mit heller Stimme an:*
*»Knecht Ruprecht«, rief es, »alter Gesell,*
*Hebe die Beine und spute dich schnell!*

Die Kerzen fangen
zu brennen an,
Das Himmelstor
ist aufgetan.

**Alt' und Junge sollen nun
Von der Jagd des Lebens
einmal ruhn;**

Und morgen flieg ich
hinab zur Erden;
Denn es soll wieder
Weihnachten werden!«

Ich sprach: »O lieber
Herre Christ,
Meine Reise fast
zu Ende ist;

STOLLE
EN GROS &
DRESDE

*Ich soll nur noch in*
*diese Stadt,*
*Wo's eitel gute Kinder hat.«*

TOILETTE
KAUFIE

»Hast denn das Säcklein
auch bei dir?«
Ich sprach: »Das Säcklein,
das ist hier;

Ceci n'est pas une pomme
Peter hat Leuse

**Denn Äpfel, Nuß und Mandelkern**
**Fressen fromme Kinder gern.«**

»Hast denn die Rute auch bei dir?«
Ich sprach: »Die Rute, die ist hier;

*Doch für die Kinder nur,*
*die schlechten,*
*Die trifft sie auf den Teil,*
*den rechten.«*

Christkindlein sprach: »So ist es recht;
So geh mit Gott, mein treuer Knecht!«

*Von drauß' vom Walde*
*komm ich her;*
*Ich muß euch sagen, es*
*weihnachtet sehr!*

*Nun sprecht, wie ich's*
*hierinnen find'!*
*Sind's gute Kind', sind's*
*böse Kind'?*

# *Nachwort*

»Von drauß' vom Walde« kommt er her, »allüberall auf den Tannenspitzen« sieht er »goldene Lichtlein« sitzen, und auf dem Rücken trägt er gutmütig einen Sack mit Geschenken. Wir alle kennen diese Gestalt und dieses Gedicht: Kindheitserinnerung, lange her.

Wem aber ist, als er die Verse hörte oder selber aufsagte, je aufgefallen, daß da Knecht Ruprecht durch Schnee und Tann stapft – und nicht etwa Nikolaus, der Heilige und eigentliche Gabenbringer? Was ist das für ein Geselle?

Vielerorts ist Ruprecht als wenig auffälliger Knecht des Bischofs Nikolaus nur zuständig, diesem Sack und Rute zu tragen. Anderswo aber ist bei den noch immer sehr beliebten Familienbesuchen am 5. und 6. Dezember die Arbeitsteilung zwischen den beiden so, daß der Ruprecht dem Nikolaus den unangenehmen Teil der Visite abnimmt: nämlich die bösen Buben zu strafen. Daß er sie gleich in seinen Sack stopft und mitnimmt – dazu kommt es erfreulicherweise selten oder nie. Sankt Nikolaus selber, bevor er in seinen Geschenkesack greift, verliest aus einem dicken Buche die aufgelaufenen Sünden und wohl auch die ausgleichenden guten Taten. Früher prüfte er noch ein bißchen in Religion, aber davon ist nur noch die Pflicht übriggeblieben, ihm ein Gedicht aufzusagen oder ein Lied zu singen. Betrachtet man die wohlbekannten Überbleibsel »schwarzer Pädagogik«, speziell das Buch vom ›Struwwelpeter‹, wo ein sehr humorloser »Niklas« die unartigen Kinder in ein Tintenfaß steckt, versteht man und ist ganz froh, daß sich die drohende Seite des Nikolaus (wenn sie denn sein mußte) von ihm getrennt und eigene Gestalt angenommen hat. Man mag bei der gegensätzlichen Kumpanei der beiden auch an die zwei Seiten des Winters denken: die rauhe und die heimelige.

Traditionell also ist der Ruprecht eine dem Nikolaus zu- und untergeordnete Schreckgestalt, die auch dämonische, vorchristliche Züge hat. Wer allerdings nach *einem* Knecht Ruprecht mit einheitlich-festem Rollenbild Ausschau hält, wird keinen finden. Nicht nur, daß er je nach Gegend und Mundart anders genannt wird, so zum Beispiel Krampus in Süddeutschland und Österreich, in Teilen Norddeutschlands Pelzebock oder Pelznickel, im Rheinland Hans Muff und wie der mundartlich-wunderlichen Namen mehr sind. Er tritt auch in immer anderen Verkleidungen auf, hüllt sich in Lumpen, in Säcke und zottelige Pelze, nicht selten trägt er Hörner und hat mit dem Teufel sehr viel mehr gemein als mit seinem Herrn und Heiligen, dem Nikolaus. Auch ist er nicht immer alleine, sondern vervielfältigt sich, in Stroh und Laub gehüllt, und wird so zu den in Wenigenjena (Thüringen) bekannten Strohmännern, Dämonen sehr ursprünglichen Charakters. Diese Vielfalt gibt der Volkskundlerin Ingeborg Weber-Kellermann recht, die der Ansicht ist, daß sich die Gestalt des heiligen Nikolaus »nie einen so gewaltigen Kultbereich« hätte »erobern können, wenn sie nicht auf eine Fülle von sehr lebendigen traditionellen Vorstellungen und Aktivitäten gestoßen« wäre.

Was wir heute (noch) kennen an weihnachtlichen Bräuchen und Figuren, ist uneinheitlich, und vieles ist nicht recht miteinander vereinbar. Immer wieder hat die eine Gestalt die andere verdrängt, dabei aber Äußerlichkeiten und Charaktereigenschaften vom Vorgänger übernommen.

Die Gestalt des Weihnachtsmannes, aber auch die des Christkindes, sind sehr viel jüngeren Ursprungs, als man gemeinhin annimmt. Luther hat das Christkind, wenn man so sagen will, im sechzehnten Jahrhundert aus der Wiege gehoben, um den katholischen Kirchenheiligen Sankt Nikolaus zurückzudrängen. Doch mit diesem, wie sich Weber-Kellermann ausdrückt, »blutlosen und gesichtslosen« »Heiligen Christ« mochte sich die Volksphantasie nicht zufriedengeben. Mit Maria, Josef und dem Jesuskind zogen so in vorweihnachtlichen Umzügen sehr bald engelhafte, weiß gewandete Mädchen mit offenem Haar durch die Straßen, ihre verschleierte Anführerin war »das Christkind«. So erklärt sich, daß das Christkind meist als ein weibliches Engelchen gedacht wird und nicht unbedingt mit dem Kind in der Krippe identifiziert wird.

Wie aber verhält es sich mit dem Weihnachtsmann? Man darf annehmen, daß er eine Kombination ist aus dem großherzig schenkenden heiligen Nikolaus und aus dessen Knecht Ruprecht, dem Pelzrock und Stiefel entliehen wurden, dessen dämonische Herkunft dabei freilich auf der Strecke blieb. Dazu paßt, daß er in verschiedenen Gegenden den Namen *Claus* Ruprecht führt. *Ein* großväterlicher Gabenbringer ist aus den beiden geworden, mit Kapuzenmantel und weißem Wallebart. Kindliche Gottvatervorstellungen mögen ebenfalls mit eingegangen sein.

1847 zeichnete der Maler Moritz von Schwind »Herrn Winter«, der durch die »Münchner

Bilderbogen« in ganz Deutschland und weiten Teilen Europas bekannt wurde. Dieser »Herr« ist das eigentliche Vor*bild* unseres heutigen Weihnachtsmannes. Auch die Schokoladenindustrie ist nicht unbeteiligt am Siegeszug des Weihnachtsmanns: Brachte er lange Zeit auf den Norden- und Nordosten Deutschlands beschränkt die Geschenke des Heiligen Abends, weitete sich in jüngerer Zeit sein Machtbereich nach Süden und Westen aus und drängte die Gestalt des Christkindchens mehr und mehr zurück. Der angloamerikanische Einfluß hat ein übriges getan. Setzt doch Santa Claus mit seinem Rentierschlitten immer häufiger auch auf unseren hiesigen Dächern auf, um Säckchen und Päckchen zum Schornstein hineinzuwerfen.

Gescheitert sind die Anstrengungen der ehemaligen Deutschen Demokratischen Republik, den Weihnachtsmann nach dem sowjetrussischen Vorbild des »Väterchen Frost« durch ein Solidaritätsmännchen zu ersetzen. Aber andere Metamorphosen der Gestalt sind kaum aufzuhalten oder rückgängig zu machen. Mancher wird sie bedauern, da sie recht konsequent verhindern, den Kleinsten der Kleinen die hübsche Vorstellung zu bewahren, *ein* Weihnachtsmann erhalte ihre Wunschzettel und komme zur Erde herab. Denn unüberschaubar ist die Schar der zur Adventszeit auf den Einkaufsmeilen als Nikolaus beschäftigten Studenten. Und die in der Reklame sehr präsenten weiblichen Exemplare, die unter kurzen Mäntelchen viel Bein zeigen, sind in dieser Hinsicht auch nicht sehr illusionsfördernd. Wer es kann, verbringt die Zeit »zwischen den Jahren« heute ohnhehin gern unter Palmen; ein Nikolaus in Badehosen aber kann und will nichts anderes als albern sein. Und doch: man sollte diese Entwicklung nicht allzu grimmig kommentieren. Wen schon Ansichtskarten von der türkischen Badeküste irritieren, auf denen zwischen südlicher Vegetation und antikem Gemäuer auch der rotbemantelte, zuckerwattenbärtige

Nikolaus abgebildet ist, mache sich klar: Von dort, aus Myra, kommt er her! Jener Bischof und Heilige jedenfalls, mit dessen Legende alles begann.

Werfen wir noch einmal einen Blick auf unser Gedicht. Wie steht's darin mit all diesen Gestalten und ihren Verwandlungen? Knecht Ruprecht kommt da des Weges, der doch eigentlich am 6. und nicht am 24. Dezember seinen Auftritt hätte. Unheimlich ist er nicht mehr und beinahe schon ein Weihnachtsmann. Für wen aber hebt er die Beine und sputet sich schnell? Für das Christkind, nicht für den Nikolaus, dessen »Knecht« er ursprünglich war. Und das Kindchen, das aus dem Himmelstor guckt, redet er fast kirchenfromm mit »Herre Christ« an. Ein buntes Gemisch der Traditionen. Aber mutet nicht gerade das naive Neben-, Mit- und Durcheinander von Nikolaus, Christkind, Weihnachtsmann und Ruprecht rührend weihnachtlich an? »Ich muß euch sagen, es weihnachtet sehr«:

Unzählige Kinder und Erwachsene haben das kleine Gedicht aufgesagt am Nikolaustag oder am Weihnachtsabend. Lohnt es zu wissen, woher es kommt? Ist es nicht anonym überliefert, sogenanntes Volksgut?

Theodor Storm hat es in eine Weihnachtsgeschichte hineingebaut (sozusagen als Dichtung in der Dichtung): Storm, das nördlichste Nordlicht unter unsern Erzählern des neunzehnten Jahrhunderts. Seine Novelle ›Der Schimmelreiter‹ wird auch heute noch in der Schule gelesen. Er ist auch als Lyriker hervorgetreten, keineswegs nur mit den Ruprechtversen: sein bekanntestes Gedicht ist das auf seine Heimatstadt Husum, »die graue Stadt am Meer«. Auch sonst schildert er friesische Landschaft, klein(bürgerlich)e Orte mit dicht und geduckt stehenden Häusern, den Menschenschlag dort. Schatten der Vergänglichkeit und ein Hauch Sehnsucht liegen eigentlich immer darüber. Er hatte nämlich, 1852, weggehen müssen von der Region, in der er so verwurzelt war – ins ungeliebte Potsdam, ein Asylant. Denn in den Bemühungen Schleswig-Holsteins, sich von der dänischen Herrschaft zu lösen – Bemühungen, die zur Mitte des Jahrhunderts zunächst gescheitert sind –, hatte er sich sehr exponiert. Storm jedenfalls traf der unfreiwillige Abschied von Land und Leuten an seiner empfindlichsten Stelle, und er konnte sich in seinen im Exil entstandenen Erzählungen nicht von seiner »Husumerei«, wie er es nannte, lösen. So auch in seinen Weihnachtsgeschichten. Freilich ist ja der Stoff der Weihnachtslegende nicht so weit entfernt von den Erfahrungen ungewollter »Migration«: angefangen mit der provisorischen Unterkunft bei Ochs und Esel bis hin zur Flucht nach Ägypten.

Das Weihnachtsfest war Theodor Storm wichtig wie wenig sonst. Die nicht nur »stimmungsvollen« (sondern auch genauen und sogar zeitkritischen) Weihnachtsbriefe, die er zwischen den Jahren an seine Freunde richtete, werden immer wieder in Auswahlbände schönster Weihnachtsliteratur aufgenommen. Und doch hat sich ihr Verfasser uneingeschränkt zum Atheismus bekannt. Ein Widerspruch? Vielleicht zelebrierte er, gerade *weil* er dem im engeren Sinn Christlichen distanziert und dem Kirchlichen sogar feindlich gegenüberstand, alle die familiären Weihnachtsvorbereitungen mit liebevoller Gewissenhaftigkeit. Von seiner Tochter Gertrude Storm gibt es einen anschaulichen Bericht dazu. Die warme Enge der Familienfeste wie auch der kleinstädtischen Gemeinschaft gab ihm, wie er immer wieder selber sagte, die Kraft, in der absoluten Freiheit der Möglichkeiten die Räume seiner Erzählungen zu füllen und Leben zu erschaffen.

An ein vergangenes Weihnachten im verlorenen Schleswig-Holstein also erinnern sich in der Erzählung ›Unter dem Tannenbaum‹, aus der unser Ruprechtgedicht stammt, der Amtsrichter Paul und seine Frau Ellen. Nichts ist wie daheim! Nicht einmal einen Weihnachtsbaum haben sie für ihren kleinen Sohn auftreiben können. Auf einem Spaziergang, den Paul mit dem Jungen in den Abendstunden vor der Bescherung unternimmt, spricht er ihm »Von drauß' vom Walde...« vor und erinnert ihn damit an ein Weihnachtsfest, an dem ein leibhaftiger Ruprecht das feierlich deklamierte. Der Junge beteuert, bestimmt keine Angst gehabt zu haben damals. Auch nicht als die Worte fielen: »Heißt es bei euch denn nicht mitunter: Nieder den Kopf und die Hosen runter?« Schließlich wisse er genau, daß es nur Onkel Johannes in Verkleidung gewesen sei. Da, auf ihrem Weg, biegt ein »großer, bärtiger Mann« um die Ecke, der »ein langes, stangenartiges Gepäck« balanciert. Wir ahnen es schon, und die Überschrift hielt ja auch nicht damit hinter dem Berg: einen Tannenbaum trägt der Mann herbei. Eine Tanne, die das Fest der Richterfamilie schließlich und endlich doch noch zum strahlenden Ereignis macht.

Auch wer diese Geschichte nicht kennt, meint sie zu kennen. Eine ganze Reihe von Weihnachtserzählungen folgt ihrem Muster. In einem grauen Alltag, in Abwesenheit lieber Angehöriger, in jedem Fall aber: fern der eigenen Kindheit, grübeln da Menschen, ob es überhaupt lohne, das Fest auszurichten unter trüben oder doch nüchternen Bedingungen. Am Ende aber findet es trotzdem statt. Sei es, weil die Mißmutigen, halbherzig, einer Art stillem Zwang folgend, dann doch Geschenke gekauft und Baumschmuck herausgesucht haben; sei es, weil unerwartet freudiger Besuch eintrifft... So oder so, ein – bescheidenes – Wunder.

Zu Storms Erzählung ›Unter dem Tannenbaum‹ und zum Grundbestand zahlloser Weihnachtsschilderungen, literarischer und alltäglich-mündlicher, gehört die Beteuerung: Wie es früher einmal war, kann heute Weihnachten niemand mehr erleben. Jede Generation versichert: Wir, gerade noch wir, haben in der Kindheit ein wirkliches Weihnachten gehabt; die jetzt aufwachsenden Kinder müssen, entzaubert, mit einem müden

Abklatsch vorliebnehmen, mit Kommerz und Dutzendware. Wohl wahr. Nur: schon die Urgroßväter eben waren sich sicher, die letzten gewesen zu sein, die es noch »echt« erlebten. Dann unsere Eltern. Schließlich wir. Überlebt hat mit so manchem anderen das Gedicht ›Von drauß' vom Walde‹, zu dem hier Zeichnungen vorgelegt werden, die in den Augen der Älteren dem Fest unangemessene »Comics« sein mögen; den Jüngeren aber in ihr Weihnachtsfest passen, das sie, als letzte gerade noch sie, zu feiern verstehen.

*Nadja Einzmann · Karl Kröhnke*

## Kinder- und Bilderbücher im insel taschenbuch

Allerleirauh. Viele schöne Kinderreime versammelt von Hans Magnus Enzensberger. it 115

Glen Baxter: Die Billardtisch-Morde. Ein Gladys-Babbington-Morton-Rätsel. Aus dem Englischen übersetzt von Christoph Groffy. it 1607

Monika Beisner: Das Buch der hundert Rätsel. it 2019

Elisabeth Borchers: Das Adventbuch. Mit Geschichten und Versen von Elisabeth Borchers und alten Bildern. it 449

Lewis Carroll: Alice hinter den Spiegeln. Mit einundfünfzig Illustrationen von John Tenniel. Übersetzt von Christian Enzensberger. it 97

– Alice im Wunderland. Mit zweiundvierzig Illustrationen von John Tenniel. Übersetzt und mit einem Nachwort von Christian Enzensberger. it 42

Carlo Collodi: Pinocchios Abenteuer. Aus dem Italienischen von Heinz Riedt. Zweisprachige Ausgabe. it 1516

Robert Gernhardt / Almut Gernhardt: Ein gutes Schwein bleibt nicht allein. 7 Geschichten von Robert Gernhardt und 66 Bilder von Almut Gernhardt. it 2012

– Mit dir sind wir vier. 29 Bilder von Almut Gernhardt mit 28 Geschichten von Robert Gernhardt. it 2003

– Was für ein Tag. Eine Geschichte von Robert Gernhardt. Mit Bildern von Almut Gernhardt. it 544

Hermann Hesse: Die Stadt. Ein Märchen, ins Bild gebracht von Walter Schmögner. it 236

August Kopisch: Die Heinzelmännchen zu Köln. Mit farbigen Illustrationen von Rolf Köhler und einer Nachbemerkung von Heinrich Pleticha. it 2025

Giorgio Manganelli: Pinocchio. Aus dem Italienischen von Marianne Schneider. it 1517

Friedrich de la Motte-Fouqué: Undine. Ein Märchen von Friedrich de la Motte-Fouqué. Musik von E.T.A. Hoffmann. Mit Bildern von Karl Friedrich Schinkel. Mit einem Essay von Ute Schmidt-Berger. it 1353

Das Poesiealbum. Verse zum Auf- und Abschreiben. Mit Bildern und Vignetten. Ausgewählt und zusammengestellt von Elisabeth Borchers. it 414

Rainer Maria Rilke: Geschichten vom lieben Gott. Illustrationen von E. R. Weiß. Großdruck. it 2313

159/1/12.96

## Kinder- und Bilderbücher im insel taschenbuch

Russische Märchen. Nacherzählt von Elisabeth Borchers. Mit den Illustrationen von Ivan Bilibin. it 1608

Ludwig Thoma: Lausbubengeschichten. Farbig illustriert von Rolf Köhler. it 1560

Felix Timmermans: St. Nikolaus in Not. Aus dem Flämischen von Anna Valeton-Hoos. Mit farbigen Bildern von Else Wenz-Viëtor. it 2023

Das Weihnachtsbuch für Kinder. Mit Geschichten, Gedichten und Bildern. Ausgewählt von Elisabeth Borchers. it 156

159/2/12.96

## Märchen und Sagen
## im insel taschenbuch

Alexander N. Afanasjew: Russische Volksmärchen. Übertragen von Werner von Grimm. Herausgegeben von Imogen Delisle-Kupffer. Mit farbigen Illustrationen von Ivan Bilibin. it 1058

Hans Christian Andersen: Märchen. 3 Bände. Mit Illustrationen von Vilhelm Pedersen und Lorenz Frølich. Aus dem Dänischen von Eva-Maria Blühm. it 133

Apuleius: Der goldene Esel. Mit Illustrationen von Max Klinger zu ›Amor und Psyche‹. Aus dem Lateinischen von August Rode. Mit einem Nachwort von Wilhelm Haupt. it 146

Clemens Brentano: Rheinmärchen. In der von Guido Görres herausgegebenen Ausgabe von 1846. Mit Illustrationen von Edward Steinle. it 804

Deutsche Heldensagen. Nacherzählt von Gretel und Wolfgang Hecht. it 345

Deutsche Sagen. 2 Bände. Herausgegeben von den Brüdern Grimm. Mit Illustrationen von Otto Ubbelohde. it 481

Charles A. Eastman: Indianergeschichten aus alter Zeit. Deutsch von Elisabeth Friederichs. Mit einem Nachwort herausgegeben von Dietrich Leube. Illustrationen und Anmerkungen von Frederick Weygold. it 861

Erotische Geschichten aus den Tausendundein Nächten. Aus dem arabischen Urtext der Wortley-Montague-Handschrift übertragen und herausgegeben von Felix Tauer. it 704

Die Erzählungen aus den Tausendundein Nächten. Vollständige deutsche Ausgabe in zwölf Bänden. Zum ersten Mal nach dem arabischen Urtext der Calcuttaer Ausgabe aus dem Jahre 1839. Übertragen von Enno Littmann. it 224

Geschichten aus dem Mittelalter. Herausgegeben von Hermann Hesse. Aus dem Lateinischen übersetzt von Hermann Hesse und J. G. T. Graesse und mit Nacherzählungen von Leo Greiner. Neu zusammengestellt von Volker Michels. it 161

Geschichten der Liebe aus den 1001 Nächten. Aus dem arabischen Urtext übertragen von Enno Littmann. Mit acht farbigen Miniaturen. it 38

Johann Wolfgang Goethe: Märchen. Der neue Paris. Die neue Melusine. Das Märchen. Herausgegeben und erläutert von Katharina Mommsen. it 825

160/1/12.96

## Märchen und Sagen im insel taschenbuch

– Reineke Fuchs. Mit Stahlstichen nach Zeichnungen von Wilhelm Kaulbach. it 125

Golem! Geschichten, Gedichte und Bilder um eine Legende. Herausgegeben von Franz-Heinrich Hackel. it 1674

Jacob Grimm / Wilhelm Grimm: Kinder- und Hausmärchen, gesammelt durch die Brüder Grimm. In drei Bänden. Mit Zeichnungen von Otto Ubbelohde und einem Vorwort von Ingeborg Weber-Kellermann. it 829

– Kinder- und Hausmärchen, gesammelt durch die Brüder Grimm. Kleine Ausgabe von 1858. Mit Illustrationen von Ludwig Pietsch und einem Nachwort von Heinz Rölleke. it 842

Grimms Märchen, wie sie nicht im Buche stehen. Herausgegeben und erläutert von Heinz Rölleke. it 1551

Wilhelm Hauff: Märchen. Herausgegeben von Bernhard Zeller. Mit Illustrationen von Theodor Weber, Theodor Hosemann und Ludwig Burger. it 216

Hermann Hesse: Die Märchen. Zusammengestellt von Volker Michels. Großdruck. it 2349

– Piktors Verwandlungen. Ein Liebesmärchen, vom Autor handgeschrieben und illustriert, mit ausgewählten Gedichten und einem Nachwort versehen von Volker Michels. it 122

– Die Stadt. Ein Märchen, ins Bild gebracht von Walter Schmögner. it 236

– Der Zwerg. Ein Märchen. Mit Illustrationen von Rolf Köhler. it 636

E. T. A. Hoffmann: Der goldne Topf. Ein Märchen aus der neuen Zeit. Mit 13 Illustrationen von Karl Thylmann. Herausgegeben und mit einem Nachwort von Jochen Schmidt. it 570

Indianermärchen. Nach amerikanischen und deutschen Quellen herausgegeben und erläutert von Hugo Kunike. it 764

Irische Elfenmärchen. In der Übertragung der Brüder Grimm. it 988

Keltische Sagen. Aus dem Gälischen übertragen von Rudolf Thurneysen. Herausgegeben und mit einem Nachwort von Renate Brendel. it 1307

Jean de La Fontaine: Die schönsten Fabeln. Aus dem Französischen von Thomas Keck. Mit farbigen Illustrationen von Rolf Köhler und einem Nachwort von Jürgen von Stackelberg. it 1451

160/2/12.96

## Märchen und Sagen
## im insel taschenbuch

Märchen aus Babylon. Mythen und Sagen des Zweistromlandes. Nacherzählt von Hans Wuessing. Mit zahlreichen Abbildungen. it 1558

Märchen der Romantik. Mit zeitgenössischen Illustrationen. Herausgegeben von Maria Dessauer. it 285

Märchen deutscher Dichter. Ausgewählt von Elisabeth Borchers. it 13

Märchen zur Weihnacht. Ein Hausbuch für groß und klein. Herausgegeben von Franz-Heinrich Hackel. it 1649

Friedrich de la Motte-Fouqué: Undine. Ein Märchen von Friedrich de la Motte-Fouqué. Musik von E.T.A. Hoffmann. Mit Bildern von Karl Friedrich Schinkel. Mit einem Essay von Ute Schmidt-Berger. it 1353

Johann Karl August Musäus: Rübezahl. Für die Jugend von Christian Morgenstern. Mit Illustrationen von Max Slevogt. it 73

Die Nibelungen. In der Wiedergabe von Franz Keim. Mit Illustrationen von Carl Otto Czeschka. Mit einem Vor- und Nachwort von Helmut Brackert. Im Anhang die Nacherzählung ›Die Nibelungen‹ von Gretel und Wolfgang Hecht. it 14

Das Papageienbuch Tuti Nameh. Orientalische Geschichten. Übersetzt von Georg Rosen. it 1624

Russische Märchen. Nacherzählt von Elisabeth Borchers. Mit den Illustrationen von Ivan Bilibin. it 1608

Sagen der Juden zur Bibel. Die ersten Menschen und Tiere, Abraham, Isaak und Jakob, Joseph und seine Brüder, Mose, der Mann Gottes, Juda und Israel. Aus dem Hebräischen von Rahel bin Gorion. Auswahl und Nachbemerkung von Emanuel bin Gorion. it 420

Wolfgang Schadewaldt: Sternsagen. Mit Illustrationen aus dem 18. Jahrhundert. it 234

Die schönsten Märchen aus 1001 Nacht. Nacherzählt von Günter Eich. Herausgegeben von Karl Karst. it 1740

Gustav Schwab: Sagen des klassischen Altertums. 3 Bde. Mit sechsundneunzig Zeichnungen von John Flaxman und einem Nachwort von Manfred Lemmer. it 127

Oscar Wilde: Die Erzählungen und Märchen. Mit Illustrationen von Heinrich Vogeler. Aus dem Englischen übersetzt von Felix Paul Greve und Franz Blei. it 5

– Die schönsten Märchen. Großdruck. it 2355

160/3/12.96